詩集　吉備の穴海

柏原康弘

土曜美術社出版販売

詩集　吉備の穴海＊目次

Ⅰ　吉備の穴海

Ⅱ　駅地下

Ⅲ　蟻たちの街

Ⅳ　落ち葉

Ⅰ　吉備の穴海

高石垣の村

村は大川の中州にあり
真ん中に暗くて狭い路地
両側の家はどこも
花こう岩の高石垣を造り
一番高い所に米蔵
次に母屋　長屋
庭には水神様を祭って
毎日花を手向けた
路地の一角にお地蔵様
差し込む細い光を浴びて
高石垣の隙間には

カタバミの黄色い花が咲いた

激しい嵐の日
濁流が堤を越え
上流の小屋や立ち木とともに
高石垣に押し寄せた
村人はてんでに二階へ逃れ
その目の前を
丸太に必死にしがみついた母子
窓から棒を伸ばしても届かず
やがて子どもは見えなくなった
渦の中で牛やヤギが鳴いた
家が壊れかけると
村人は屋根を伝って逃げた

洪水が収まると
家々はまた舟で石を運び
牛に引かせ
村人総出で積み上げた
もっと高く
もっと安全に

それから時が流れて
堤は丈夫に整備され
山の中にはダムができ
岸に水位計が付けられ
代わりに水神様も
石垣に込めた人々の思いも
どこへ消えたのか
米蔵も高石垣も

一つなくなり
また一つなくなり
空を覆う雷雲だけが
どんどん大きくなっている

＊　高石垣　洪水に備えた水防施設で、旭川流域に見られる。

嵐の夜の児島湖

堤防で仕切られた小さな湖
児島湖《こじまこ》
冬は渡り鳥の群れ
夏は浮き草で埋まる
激しい嵐の夜
湖の底から黒い水が
おびただしく湧き上がる

遠い昔
一帯は吉備の穴海
黒雲が天を覆うと

三頭の龍たちが
雷光を放って吠えたてた
尾は遥か山地に伸び
吐き出す大量の泥は
山の鉄サビで赤く
海を染め上げた

荒れた年月は千年
また千年
龍たちは山地を切り裂き
海を泥で埋め尽くした
沖の児島は陸につながり
現れた緑の土地に
田畑と水路が無数に広がり
やがて

龍たちは姿を消し

児島湖は穴海の名残り
商船が寄港した湖畔の八浜《はちはま》に
出入りするのは
小魚を捕る小舟だけ

嵐の夜
海面が盛り上がった外海から
高潮が岸を侵すのにまぎれ
巨大な黒い爪が
堤防の石をかきむしる

復活の時をうかがうものがいる

＊　吉備の穴海　吉備の本土と吉備の児島の間に広がっていた内海。

阿智神社

倉敷の白壁の街並みに
こんもりと茂る鎮守の森
老いたフジ蔓が
こぶを抱いて空へ伸び
五月には青紫の花々
神殿に笛の音
太鼓の響き
あでやかな装束で
女が踊る

呼び寄せる守り神

三柱の海の女神
祈りを込め
ひるがえる衣
舞う扇子

遠い記憶がよみがえる
あたりは海原
押し寄せる大和《やまと》の軍船
岸辺から吉備の王子が
兵を率いて漕ぎ出だす
ぶつかり合う舳先《へさき》
鈍く響く剣
赤い血潮が
海を染める

踊りは佳境に入り
にわかに黒い雲
大粒の雨
稲妻が大地を刺す
女の目が赤く燃える

神官がおごそかに告げる
「女神様が降臨なされた」

北の空に遠吠え
龍のごとき雲が
川一面を覆い
街の水路という水路から
水があふれだす
南の海には

巨大な渦
高潮が口を開け
工場群を呑み込む

森の神殿に
笛の音
太鼓の響き
押し寄せる水の地響き
踊る女神が微笑《ほほえ》みかける

＊阿智神社　海の神・宗像《むなかた》三女神を祭る。

藤戸合戦

藤戸の冬空はよどんで
向かい合う丘に
ほの暗い影が立つ
川の底の深みから
ごぼごぼと
靄が湧いて
寒々としたものが
橋げたを伝っている

橋に立つと
靄の中に古い船が見える

木造の軍船が幾隻も
船上には鎧兜の武士たち
弓を構え
かすかな雄叫びが
遠くからこだまする
深い恨みのように聞こえる

黒い雲が近づく
龍の形の渦が
雷光を放ちながらのたうっている
川の水は急に増し
岸辺の葦の穂は
剣となって争っている

ふっと潮の香り

遠くで海鳴りがする
藤戸にまた
大嵐が近づいている

＊　藤戸　倉敷市内にある源氏と平家の古戦場で、昔は海峡。

青い太陽

山の頂に
広がる光の海
太陽が昇る
真っ青だ

何億という銀の刃
切りつける

おびただしい数の
鳥たちの翼が空で
白い雲となる

真っ赤に染まる

森と草原は
黒く焼けただれ
獣たちのむくろから
煙が立ち上る

太陽はゆっくりと
中天に向かい
都市という都市に
刃を向ける

音が絶え
廃墟が広がっていく

おむすび島

ころりん
ころりん
ころころりん
波の間を
ころころりん
おむすび形のおむすび島

瀬戸内海の潮に巻かれ
風にあおられ
外国の貨物船に押され
あっちへころころ

こっちへころころ
スナメリ親子がすいすいと
追いかけ遊ぶ
カモメたちはぐらぐらと
島の上で揺れて踊る
サワラの群れはみこしにして
わっしょい
わっしょい

こっちへおいでよ
吉備の国へ
ブドウも桃も
おいしいよ
北から王子が岳が
優しく呼びかける

こっちへおいでよ
讃岐の国へ
うどんがたくさん
食べられるよ
南から五色台も
笑顔で誘っている

そんなことは気にも掛けず
昨日は北へ
今日は南へ
転がる先は
お天気任せ
気分任せ
来る日も

来る日も
ころころ
ころころ
波間に漂う
おむすび島

＊　おむすび島　岡山と香川の県境にある「大槌島」。

王子が岳の人面石

眼を閉じて耳を澄ませば
遠く近く潮の鼓動
カモメの鳴き声
風の音に混じって
ゾウの遠吠え
かすかに聞こえる
押し寄せる

目を開ければ
見渡す限り
緑の大地

たっぷりと水を湛えて
大きな川が蛇行し
シカの群れ
岸辺の森に尾の長いサル
牛たちは草をはみ
草陰から
牙の長いトラが忍び寄る
色とりどりの無数の鳥たちが
川辺から
木立から
一斉に青空に舞う

ここはどこか
いつのことか

岩の上にゾウの母子
裸の男たちが
槍《やり》を手に襲いかかる
母親ゾウが血を噴いて倒れ
子ゾウの鳴き声
男たちは
手を打って歓声を上げる

目を閉じれば
カモメの鳴き声
高く
低く響く

再び目を開ければ
渦を巻く潮

緑の大地を覆い
白い千万の剣の波
暗く深いすり鉢に
沈みゆくゾウ　人
牙の長いトラ

瞬けば
鏡の
凪いだ瀬戸の海
水面にカモメたち
平和しか知らないように
心ゆくまで
飛び回る

＊　王子が岳　玉野市の海辺の山。

宇野港の大煙突

それはそれは背の高い高齢の紳士
港を出入りするフェリーや漁船に
毎日親しげにタクトを振っている
鉄鉱石や石炭を積んで
沖を通る外国貨物船には
ことのほか丁寧に敬礼
時には沖の直島と背比べしたり
観光客の写真に納まったり

第一次世界大戦が終わった翌年
一九一九年の生まれ

造船の町で元気よく煙を吐き
電気をたくさん起こした
軍艦の進水を何度も見送った
空襲の戦闘機が夜間
頭上を舞ったこともある

それからずいぶんと時がたった
発電の役目はとうに終え
近くにあった塩田はすっかり消えた
列車を載せて四国との間を往復した
連絡船もなくなった
昔と変わらないのは
瀬戸の海と島並みの姿だけ
晴れた日にはのんびりあくび

肩にぽっかり雲がかかると
煙を上げて頑張っていた
遠い日々を懐かしむ

＊　宇野港の大煙突　玉野市の宇野港にあったが、近年取り壊された。

Ⅱ　駅地下

かかし（朝の駅地下編）

朝の駅の地下通り
列車からあふれ出る人波のそばで
柱によりかかって
突っ立っている男
大急ぎの会社員がぶつかっても
女子高生がそばで話しまくっても
おかまいなし
ショーウインドーが開いても
甘いケーキのにおいがしても
知らん顔

そこだけ流れが淀んで
ぽっかりと
穴が開いている

頭はぼさぼさ
胴はくすんだ服の重ね着
古い運動靴
両目だけが左右に動いて
人波の足元を見ている
もう何日も
同じ場所に立っている

ある朝その男は
別の駅の前にいた

空は青く広がって
通勤や通学客が出てくるあたりで
そこだけ
ぽっかりと
時が止まっていた

靴（朝の駅地下編）

黒い革靴が
上になったり
下になったり
赤いパンプスが
上になったり
下になったり

列車が着くたびに
大量の靴で
駅の地下通路がくしゃみする

ぴかぴかに光っているもの
しわが目立つもの
茶色のおしゃれなブーツ
白い運動靴が
すばやく走り抜けていく

右の角へ
左の角へ

柱の前では薄汚れたスリッパが
じっとしている

香水のきつい匂い
臭い煙草
ふっと香る

挽きたてのコーヒー

店に入ると
いろんな靴が折り重なって
息をひそめていた

かばん（朝の駅地下編）

朝の駅の地下通路
喫茶店の中に
腹の膨れたかばんども

トーストをほおばっている黒い奴
腹から書類がはみ出している
分厚い計画書一式
三カ月もかけて書き直しているが
まだ完成しない
報告書は赤文字だらけ
「中身がない」と上司に怒鳴られた

赤いこぎれいな女物の腹には
見込み客リストと説明書　契約書類
ノルマ達成は今月も不可能だ
朝からケーキを口にしている
四角い奴の腹には
ノートパソコン
書き込みに忙しい

腹は朝からますます膨れ
目元はうつろ
煙草の煙で
書類がむせてくる

午前九時前
一斉に飛び出していった

マスク

大きな繭の中にいるようだ
一面の白い壁は
ふわふわと肌に心地よく
暖かく
外のものは遮断して
ほおを刺す北風も
周りに漂うばい菌も
中に入ってこない

悪意の尖った目は
壁の向こう

非難の大きな声も
他人ごと
自分に話しかける声さえ
遠いところの雑音だ

一日じゅう中にこもって
誰とも話さない
誰とも

風邪を引いてから
心がすっかり楽になった
ほんの手のひらの大きさの
マスク

蛾

おかしい
耳が詰まったような
人の話がよく聞こえない
「ええ　何?」
仕事中　つい大声になって
みんなに敬遠される
目にも膜が張ったよう
周りの人のことも
世の中で起きていることも
遠い世界のことのように感じられる

誰とも会わないで一日
家で本を読んだり空想をしていると
子どものころ
両親の布団にもぐりこんだ気持ち
何だか居心地がいい
毎日外出しないでいると
そのうち
さびしくなって
空しくなって
卑屈になって
でも心地いいので
じっとしていた

そうしたら体が硬く
小さくなって

足も短く硬くなって
動こうにも動けない
都合のいいことに
おなかは減らず
ただ眠く
うとうと
うとうと

ある日　急に体が軽く
夜空を飛んでいた
鱗粉を散らしながら

蛾　Ⅱ（夜の街）

昼寝ては夜起き
また昼寝ては夜起き
空を飛ぶ
山と川を越え
自由を感じる
街明かりに近づくと
楽しいことがありそう
わくわくする
でも　人の集団を見ると
逃げたくなる
笑い声は不愉快だ

人けのない公園
壊れた街灯のそばのベンチで
じっとしている
一人やってきた
黒いやつ
目だけぎらぎら
俺を見ると
驚いて行った

裏通りの用水路のそば
べっとりと黒い水が流れていたが
柳を揺らす風は心地いい
シャリシャリと音がした
うずくまった男

マントのような黒い羽
ナイフの刃が光った
研ぎ澄ましていた
振り返った顔に
大きなぎらぎらした目

夜空へ飛び去った

ロボット

疲れた疲れた
僕ロボット
もう動けない
足が前に出ない
転びそうになる
充電してくれないと
油を差してくれないと
ついでに優しい声をかけてくれないと
動けない
苦しい苦しい
毎日毎日

同じ仕事
毎日毎日
義務ばかり
楽しくない

そんな僕に
ＩＣと新型エンジン内蔵
手はビュンビュン
足はゴーゴー
動くぞ動くぞ
何でも速いぞ

でも変だ
仕事が終わると
声も出ない

ぐるぐるぐるぐる
目が回る
寝るしかない
僕ロボット

Ⅲ　蟻たちの町

砂のすり鉢

砂のすり鉢――
暮らしていたのはその中だ
渦巻きながらすべてが沈む
ずり落ちる僕の体
もがいて手を掛ける土塊も
足場も
次々に崩れ落ちる

底の黒い影がこわくて
歯をガチガチいわせてはい上がり
かすかに希望を感じて

また落ちる

手に負えない巨大な無機質の相手
くる日もくる日も
当てのないあらがい

おびただしい傷の体
果てかけたろうそくほどになえた心

膨大な時間をのみ込み続ける
すり鉢

蟻たちの街

窓という窓　ドアというドアの奥で
何万もの鋭いアゴが光る
触角を振り　機械じかけの足をそろえて
次々にはい出してくる
地中の石や土の塊を持ち上げ　運ぶ
あらゆる所で　蟻たちの館が膨張する

道端に物乞いの人間たち
瞬きしない目がムチを入れる
女たちの乳房をかみ
地中へ子供たちを引きずっていく

蟻たちの街は地上と地中で広がり続け
かたわらに蟻地獄が
巨大な砂のすり鉢を築いていた――

黒い水

　ある日の夕方、僕が路地裏を歩いているとと古いビルの壁のヒビから黒い水が滴っていた。それは内側から押し出されるように出ていたが、間もなく量を増し、水道の蛇口をいっぱいに開けたばかりに噴き出した。染料工場の排水のように黒光りし、どろっとしてにおいはなかった。

　見回すと、隣のビルからも、またその隣のビルや工場の壁からも、とくとくと垂れ落ちていた。あちこちの道に流れを作り、溝に落ち、ネオン街の方へ向っていった。

　路地裏には一人、二人と人は通っていくが、皆少しばかり路上の水を避けるだけで、誰も気にならない様子だった。僕は、幻を見ているのかと思って目を閉じ、開けてみた。一面の黒い水は跡形もなく消え、街灯だけが明るさを増していた。

しばらく経った真昼、事務所で仕事をしていると、ふいに引いた自分の机の引き出しから黒い水がどっとあふれ、床を真っ黒に染めた。インクつぼを入れておいた訳でもないのに。黒い水はソファーからも、電球からも滴って、声を掛けようとした同僚の口からも噴き出した。

僕は吐き気を催し、窓辺へ駆け寄った。街中を黒い水が覆い、太陽が黒く見えた。おう吐といっしょに口から、黒い水が噴き出した。

街路の雑草

街路は窒息していた
太陽が強く照り
車や建設工事の音が
絶え間なく頭を殴る
片隅で僕は
小さな雑草を見つけた
アスファルトの裂け目から
空き缶を押しのけて伸びている
車の排ガスで黒っぽくなってはいるが
ぎざぎざの葉をピンと広げている

葉や茎にアリが
忙しく動いていた
根元ではクモが
腕を広げていた
小刻みに移動しながら
獲物を狙っている様子だ
一匹のアリが茎を下りると
跳んで襲い掛かった
アリは体をかまれ
不規則に手足を動かしている

どうなるんだ…

見ているうちに
街じゅうがジャングルに変わった

最強の生き物

太陽が湖の奥底まで照らしていたとき
緑の水草の森で
それは最も哀れな生き物だった
魚たちに追い回され
小さな別の生き物に食べられた
風が水のおもてを揺さぶるたびにおびえ
雷の音に気絶した

水が汚れ　光が水草の森に届かなくなったとき
それは鎧をまとい
口に毒を持った
手当たり次第に回りを攻撃しはじめた

水の底ではカニや貝が脱け殻になった
水草の茂みが赤く枯れた
大きな魚たちまでその毒にやられ
ひっくり返って
白い腹が岸辺を埋めた

それは死骸や腐植を食べて繁殖した
枯れ果てた水草の森でも
川へ続く早瀬でも
暗い深みの泥の穴の中でも

ほかのすべての生き物たちが絶えた日
それは湖のすべての場所を占領し
全滅した
水のおもてというおもてには青白い死骸が延々と浮きあがった

アクセルを踏むと

車の列はのろのろ
対向車の頭ひとつひとつに
夕日は赤々と反射する

運転の手を休めれば頭をよぎる
朝から休みなしの仕事の
きつかったこと
明日もまた続くこと
希望いっぱいだった昔のことも…

小鳥の黒い群れが街並みや川を越え

遠くで雲は
夢のような赤紫

アクセルを思い切り踏むと
明るさの残る空へ
一直線に舞い上がった

高架下

岡山駅の南北方向に
列車の高架がそびえている
朝と夕の通勤と帰宅でその下を通るとき
古い壁や支柱のあちこちにひびが走り
頭の上が何やら気になる

コンクリートの破片でも落ちてきそうだ
卵の大きさでも頭に当たれば死んでしまう
列車が通過すると
音はゴーゴーとビル街にこだまし
ますます嫌な感じにさせる

近道だし
だれかに当たったという話は聞いたことがないが
毎日不愉快
「今落ちるかもしれない」
「今落ちるかもしれない」

ある夕暮れには
ほの暗い上から
黒いものが落ちるのが目に入った
初めは小鳥が軽く降下するようだったが
次の瞬間には
だ円の石に見え…
鉄の固まりのようでもあり！
連続写真のように！

顔にどんどん迫ってきた！

逃げないと
大変だ！

倒れ込むと
道に
朽ちかけた木の葉が一枚舞っていた

魚捕り

水路のおもてにビル群が映る
街灯や通り過ぎる人々が映る
その中をオイカワの群れ
並んで泳いだり
散らばったり
気持ち良さそう

僕もつられて
楽しくなって群れを追う
ゆっくり歩いたり
早足になったり

そうしていると石の影に
一匹が体を潜めた
「つかまえるチャンスだ」
そおっと両手を伸ばすと
ぬるっと
滑る感触
ゆっくり押さえ直して
さあつかまえた

顔の上に持ち上げると
尾ひれでしぶきをピンとはねた
陽射しにキラッと輝いた
うしろで兄貴の声がした…

車一台が通り過ぎると
群れはすっかりいなくなった

Ⅳ　落ち葉

落ち葉

ひらひらと
落ち葉舞う
ひらひらと
赤や黄色
森を彩る

手に取ると
傷だらけ
皺だらけ
茶色い腐食
黒い穴

もう一度
若葉の姿に
焦がれて
悲しんで
もがいて
苦しんで

ひらひらと
落ち葉舞う
落ちて
落ちて
底なしに落ちて
諦めて

そして
苦しみを超えるところがある
身軽になって
空を舞うかな

金の粒

金の粒
銀の粒
朝の輝き
夕べの輝き

ほんの一粒
ほんの一時
積み重なり
結晶し
見渡す限りの輝く平原をなし

そこへ

風がそよぐたび
散っていく
地が揺れるたび
崩れていく
また一つ
また一つ

それを
一つ拾い
また一つ積み

金の粒
銀の粒
世界が回る
時代がめぐる

綿ぼこり

天井から
床の隅から
たんすから
ぼろぼろ
ふわふわ
綿ぼこり
開け放した窓へ
春風に乗り
新緑に紛れ
ふわふわと

本棚には
昔の愛読書
いっぱいの
綿ぼこり
三十年前のアルバムも
日記帳は四十年前のもの
ほったらかしの
過ぎた日々
ぐち
後悔
ふわふわと
窓の外へ

きれいさっぱり

そうはいかない
ぼろぼろ
ふわふわ
明日もまた

糸の切れた凧《たこ》

それは昔
息子と一緒に空に飛ばした凧
倉庫の隅に置いて
長い間忘れていた
ある日倉庫を開けると
突風で舞い上がった

伸ばした手をかすめ
風に乗って
家の屋根を越え
川の堤を越え

追いかけても
届かない

高い木の枝に引っかかったとき
凧はちょっとだけ振り返った
軽蔑したような目で
口をゆがませて笑い
泣いているようにも見える

風が吹くと
また高く舞った
軽々と山の中腹へ
さらに雲の近くまで

もう届かない

もう追いかけない
好きなように
去っていく凧
僕も自由だ

田舎の新聞音頭

地元の野菜は不格好
大きいのやら小さいのやら
曲がったり細かったり
「売り」は手を掛け栄養満点
隣のおやじが育て上げた
これはおいしいぞ
甘いぞ

地元の新聞は薄っぺら
世界の話題も全国のことも
科学のニュースも少ないぞ

いやいや
「売り」は身近な小さな話題
親戚のおじさんが取材を受けた
近所のおばさんのことが載っていた
うちの学校にも記者が来たぞ
へー　それは読みたいな

地元の米粉パンは少し不格好
それがどうした
安全安心

地元の新聞は薄っぺら
それがどうした
地域のことがよく分かる
子供に読ませて学力アップ

やっぱり地元の新聞がいい
記者さんが走り回って来るのがいい

朝読むのが楽しみ
うちも地元紙にしよう
いい新聞だ――
いい新聞だ――

歯医者

はははは
笑い声
歯科医院の
外から響く

歯歯歯歯歯
削られる
今回だけで
三本目

葉葉葉葉葉

窓のすりガラスの向こう
風に舞っている
何の木だろう

「終わりました」

半田山

赤い炎が
爪を伸ばす
山の稜線を焼き
ふところの家々も
真っ黒
火の粉は
空に飛び
赤い筋が
地平線まで

新しい職場の

ひと日が終わり
とぼとぼと
山道を下ると
火の粉は
街に散らばり
ほんのりと
輝き始め

また明日
さようなら

＊　半田山　岡山市街地北部の山。

詩集『吉備の穴海』に寄せて

なんば・みちこ

第一、第二詩集出版からおよそ三十年を経ての第三詩集である。その間詩人としての活動は絶えることなく続いていたが、新聞記者としての忙しい日常の中で、詩集にまとめることができなかったのだろうと思う。それはこの度上梓の詩集を読めばおのずと理解できる。

第一詩集『青い風』、第二詩集『まだ暗い夜明けの街』の発行はいずれも一九九一年。このうち第一詩集の中には「18才の春に記す」という一編があり、「今僕は、よどみに入るササ舟のようだ」と表現している。また「詩人」という作品には「詩人、おまえは最も弱いもの。最も孤独で貧しいもの。詩人よ、言葉の翼をつけよ。高く澄んだ空へ飛べ。心を清めて、あたらしい詩を織り上げよ。それがおまえの仕事。」とある。彼は既に十代から詩人を目指していたのだ。

その後およそ三十年間、「火片」の優れた同人の一人として活躍していた柏原さんは、この度第三詩集の出版を企画された。

「吉備の穴海」「駅地下」「蟻たちの街」「落ち葉」の四部から成るこの詩集は、読み応えのある作品群であり、著者のデリケートな感性と緻密な観察による知識や地域の歴史などを描き出しており、記者としての仕事で知り得た多くのものをも網羅した幅広い豊かな詩集になっている。

比喩やフィクションの存在も斬新さを加えており、「蛾」を題材とする二編によるイメージや蟻地獄の「砂のすり鉢」「最強の生き物」など、人類の滅びと繋がるイメージとして暗示される。

ほっとできる作品もある。「宇野港の大煙突」は日本の歴史を象徴し、「おむすび島」の周りを囲む波の動きによるリズムが快い。「歯科医」も時間を意識させると同時に「は」「歯」「葉」のリズムと結びが微笑ましい。「王子が岳の人面石」は、大昔の瀬戸内海の光景を彷彿させる。

描き出された世界が写実的世界と、象徴的世界、幻想的世界と入り混じっているのが興味深く、読者として、心象風景の中に引き込まれるのも魅力だ。絶えることのなかった詩心と情熱をひそかに持ち続けた故の柏原さんの実力と思う。

第三詩集出版、おめでとうございます。

あとがき

一九九〇年代から二〇一九年まで書き貯めた詩をまとめました。岡山県の同人誌「火片」に投稿したものが中心です。

岡山平野は、昔は「吉備の穴海」と呼ばれた海で、今も海面下の干拓地が広がっています。地球温暖化による気象の激化や海面上昇は非常に心配です。Ⅰ部はそんな岡山平野や、瀬戸内海沿いの児島・玉野にちなむ作品を集めました。Ⅱ部「駅地下」、Ⅲ部「蟻たちの街」は通勤時などに作ったもの。Ⅳ部「落ち葉」は近作の雑詠を集めました。

二〇二〇年八月

柏原康弘

著者略歴

柏原康弘（かしはら・やすひろ）

1991 年　詩集『青い風』『まだ暗い夜明けの街』（土曜美術社）

同人誌「火片」同人
岡山県詩人協会会員
岡山市北区在住

詩集　吉《き》備《び》の穴海《あなうみ》

発　行　二〇二〇年十月二十日

著　者　柏原康弘
装　丁　直井和夫
発行者　高木祐子
発行所　土曜美術社出版販売
〒162-0813　東京都新宿区東五軒町三―一〇
電　話　〇三―五二二九―〇七三〇
ＦＡＸ　〇三―五二二九―〇七三二
振　替　〇〇一六〇―九―七五六九〇九
印刷・製本　モリモト印刷

ISBN978-4-8120-2602-1　C0092